THIS BOOK
BELONGS TO:

_____

_____

_____

For Anna
M.W.

For Sebastian,
David & Candlewick
H.O.

Published by arrangement with Walker Books Ltd, London SE11 5HJ

Dual language edition first published 2006 by Mantra Lingua
Dual language TalkingPEN edition first published 2010 by Mantra Lingua
Global House, 303 Ballards Lane, London N12 8NP, UK
http://www.mantralingua.com

Text copyright © 1991 Martin Waddell
Illustrations copyright © 1991 Helen Oxenbury
Dual language text and audio copyright © 2006 Mantra Lingua
This edition 2017

A CIP record of this book is available from the British Library

Printed in Paola, Malta MP280217PB03170566

Утка-фермер

FARMER DUCK

written by

MARTIN WADDELL

illustrated by

HELEN OXENBURY

Mantra Lingua

Жила-была утка, которой очень не повезло с хозяином - старым ленивым фермером. Утка делала всю работу. А фермер целыми днями валялся в постели.

There once was a duck who had the bad luck to live with a lazy old farmer.
The duck did the work.
The farmer stayed
all day in bed.

Утка пригоняет корову с пастбища.
«Как идет работа?» кричит фермер.
Утка отвечает:
«Кряк!»

The duck fetched the cow from the field.
"How goes the work?"
called the farmer.
The duck answered,
"Quack!"

Утка приводит овцу с холма.
«Как идет работа?» кричит фермер.
Утка отвечает:
«Кряк!»

The duck brought the sheep from the hill.
"How goes the work?" called the farmer.
The duck answered,
"Quack!"

Утка загоняет кур в курятник.
«Как идет работа?» кричит фермер.
Утка отвечает:
«Кряк!»

The duck put the hens in their house.
"How goes the work?"
called the farmer.
The duck answered,
"Quack!"

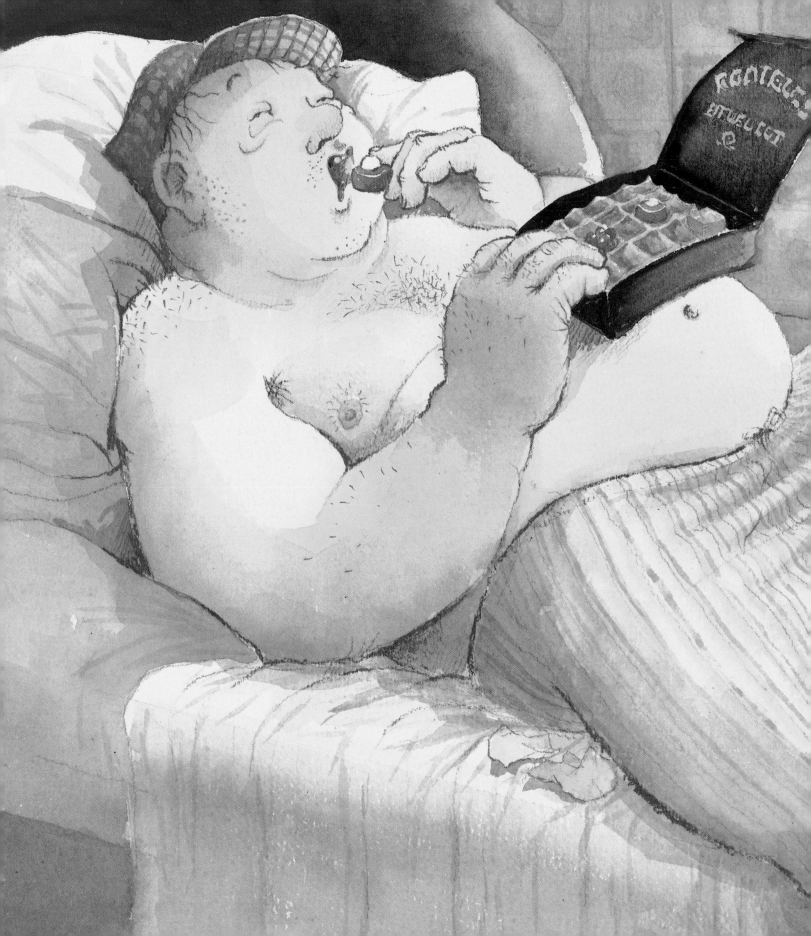

Фермер растолстел, лежа в кровати дни напролет,
а бедная утка совершенно выбилась из сил,
работая с утра до вечера.

The farmer got fat through staying in bed
and the poor duck got fed up
with working all day.

«Как идет работа?»
«Кряк!»

"How goes the work?"
"QUACK!"

«Как идет работа?»
«Кряк!»

"How goes the work?"
"QUACK!"

«Как идет работа?»
«Кряк!»

"How goes the work?"
"QUACK!"

«Как идет работа?»
«Кряк!»

"How goes the work?"
"QUACK!"

«Как идет работа?»
«Кряк!»

"How goes the work?"
"QUACK!"

«Как идет работа?»
«Кряк!»

"How goes the work?"
"QUACK!"

Бедной утке хотелось спать,
она чуть ни рыдала
от усталости.

The poor duck was sleepy
and weepy
and tired.

И корова, и овцы, и куры были очень расстроены. Им нравилась утка. Поэтому под покровом ночи собрались они вместе и кое-что придумали…

«Му!» сказала корова.
«Бее!» сказали овцы.
«Ко-ко-ко!» сказали куры.
И ВОТ что они придумали.

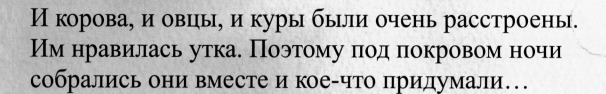

The hens and the cow
and the sheep got very
upset.
They loved the duck.
So they held a meeting
under the moon and
they made a plan
for the morning.

    "MOO!" said the cow.
    "BAA!" said the sheep.
    "CLUCK!" said the hens.
    And THAT was the plan!

Еще не забрезжил рассвет, и на скотном дворе было тихо.
Корова, овцы и куры через черный ход проскользнули в дом.

It was just before dawn and the farmyard was still.
Through the back door and into the house
crept the cow and the sheep and the hens.

Прокрались по коридору, вверх по скрипучей лестнице.

They stole down the hall.
They creaked
up the stairs.

Залезли они под кровать фермера и стали ее трясти. Кровать закачалась, фермер проснулся и по привычке вскрикнул: «Как идет работа?» и тут...

They squeezed under the bed of the farmer and wriggled about. The bed started to rock and the farmer woke up, and he called, "How goes the work?" and...

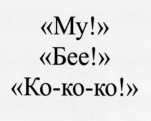

«Му!»
«Бее!»
«Ко-ко-ко!»

"MOO!"
"BAA!"
"CLUCK!"

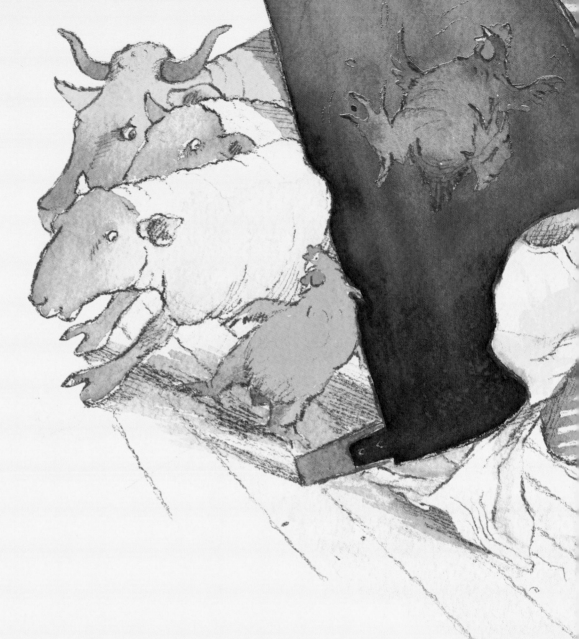

Они приподняли кровать, фермер завопил,
а они трясли и раскачивали кровать до тех пор,
пока старый фермер не вывалился из нее…

They lifted his bed and he started to shout, and they banged
and they bounced the old farmer about and about and about,
right out of the bed…

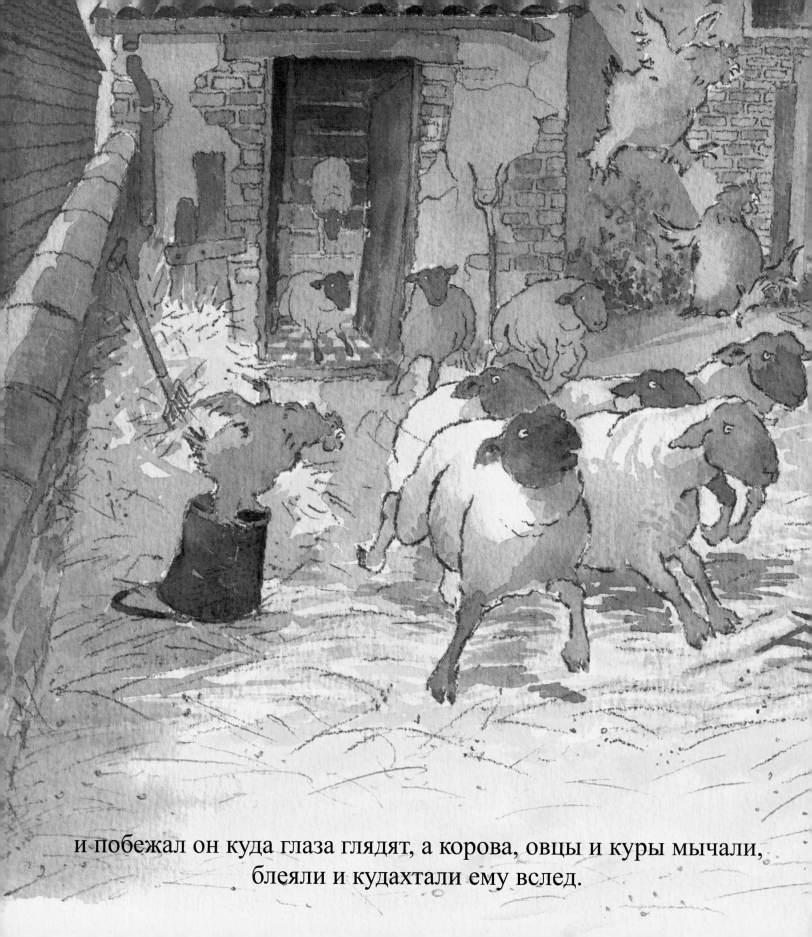

и побежал он куда глаза глядят, а корова, овцы и куры мычали,
блеяли и кудахтали ему вслед.

and he fled with the cow and the sheep and the hens
mooing and baaing and clucking around him.

Вдоль по улице…
«Му!»

Down the lane…
"Moo!"

через луг…
«Бее!»

through the fields…
"Baa!"

по холмам...
«Ко-ко-ко!»

over the hill...
"Cluck!"

и больше его никогда
никто не видел.

and he never came back.

Утка проснулась и, выйдя во двор, ожидала услышать привычное: «Как идет работа?» Но никто не кричал!

The duck awoke and waddled wearily into the yard expecting
to hear, "How goes the work?"
But nobody spoke!

А тут и корова с овцой и курами вернулись домой.
«Кряк?» спросила утка.
«Му!» сказала корова.
«Бее!» сказала овца.
«Ко-ко-ко!» сказали куры.
И из этого утка поняла ЧТО произошло.

Then the cow and the sheep and the hens came back.
"Quack?" asked the duck.
"Moo!" said the cow.
"Baa!" said the sheep.
"Cluck!" said the hens.
Which told the duck
the whole story.

А затем, крякая и блея, мыча и кудахтая, принялись они за работу на ферме.

Then mooing and baaing
and clucking and quacking
they all set to work
on their farm.

Here are some other bestselling

dual language books from Mantra

Lingua for you to enjoy.